니오 시리즈 1권

글 K.daederesa(김승임)

1998년~ 현직 초등 보건교사

대학과 대학원에서 간호학과 상담 심리학 전공

보건교사 1급, 전문상담교사 1급 자격증 보유

동화로 보건교육을 시도하여 생활 속에서 적용하려 해요.

그림 김지현

홍익대 시각디자인 전공

엄마의 동화 『도토리 책 찾기』에 그림을 그렸어요.

어린 시절 엄마의 즉석 동화 이야기는 창의력에 도움이 되었고, 책을 좋아하게 되었어요.

수학 · 과학에 영향력을 주어, 고교 시절 전국 과학창의력 대회에서 대상을 수상하였어요.

니오 시리즈에서 니오의 모습은 다양한 그림으로 표현됩니다.

영아, 유아, 초등 어린이에게 좋은 습관 형성 및 창의력 계발에 영향을 줄 것입니다.

## 나의 보호색은?

인지세의 3분의 1은 아프리카 보육원과 국내 아이들에게 지원됩니다.

니오 시리즈 1권

# 니오의 도토리 책 찾기

## 독서의 의미를 알려 주는 동화책

어린 시절 읽었던 책은

언제 내 안에 새싹으로 나올지는

아무도 모르죠

마음을 톡! 톡!

건드리며 나오는 약속

다람쥐 피아는
도토리를 무척
좋아해요!
모은 도토리를
한 개씩 숨기고 있어요.

눈을 반짝이며
도토리를 낙엽에 쏙~
덮어 주었어요.
낙엽이 바람에 펄럭거려요.
피아는 도토리가
굴러가지 않도록 조심스럽게
땅속에 숨겨요.

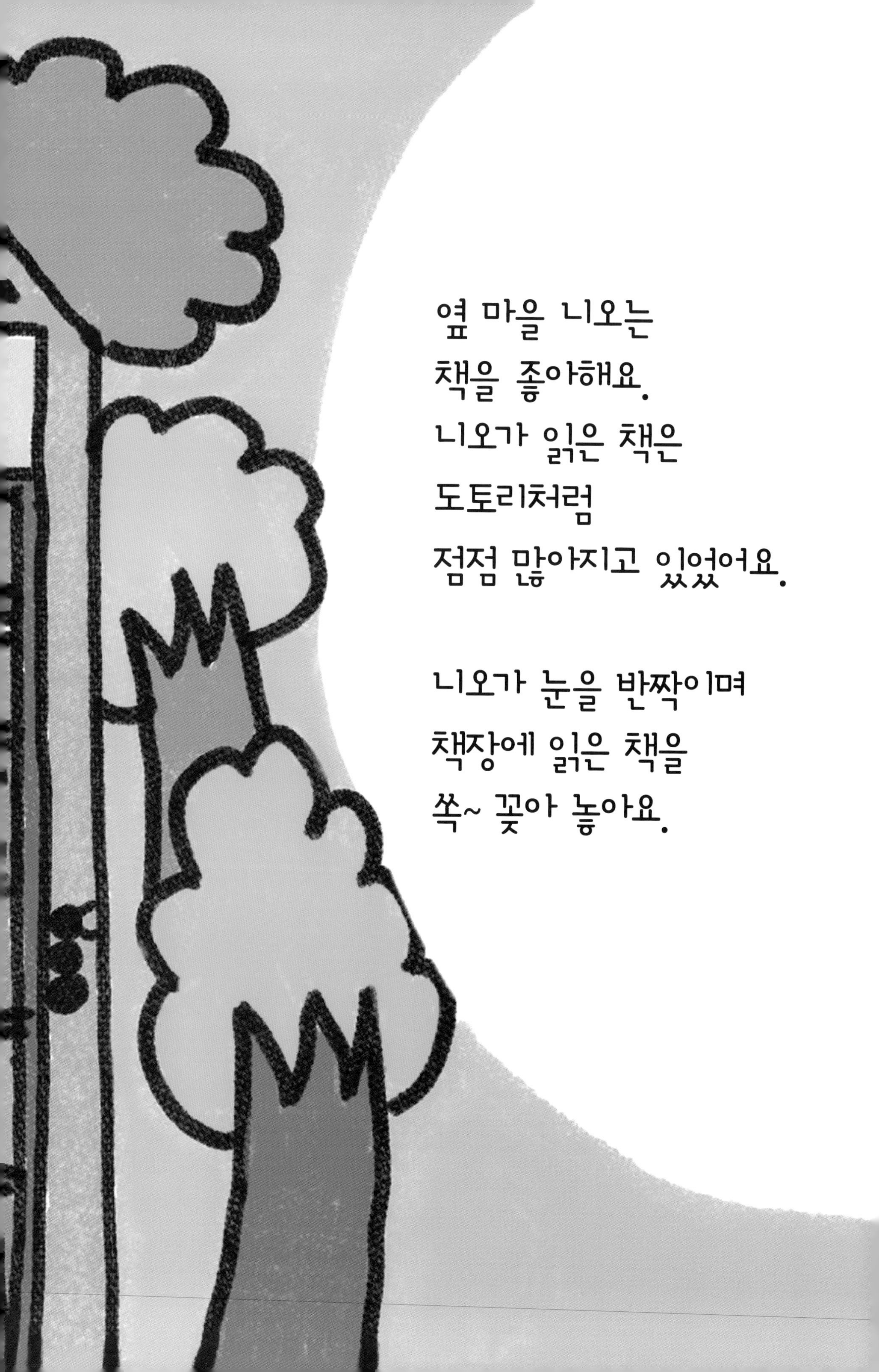

옆 마을 니오는
책을 좋아해요.
니오가 읽은 책은
도토리처럼
점점 많아지고 있었어요.

니오가 눈을 반짝이며
책장에 읽은 책을
쏙~ 꽂아 놓아요.

어느덧
다람쥐 피아는 숨겨 놓은 도토리가
점점 많아지면서 땅속 도토리를
찾을 수 없었어요.

숲의 계절 색이
붉은색, 하얀색, 초록색으로 변하고 있어요.
숲의 땅은 바람, 햇빛, 비가 어우러져
딱딱한 땅이 말랑말랑해지고
촉촉해지고 있어요.

땅에서 "와~! 시원하다."
새싹이 말을 해요.
새싹은 피아에게
땅속 친구들의 이야기를 해 주었어요.

다람쥐 피아는
또 다른 땅속의
세계를 알게 되었어요.

와!! 시원해

옆 마을 니오는 읽은 책이 많아지면서 책이 지루해졌어요.
책장에는 먼지가 두꺼워지기 시작했지요.
니오는 읽었던 책들을 잊어버리고
게임을 즐기는 날이 많아졌어요.

그러던 어느 날

책장에서 **쿵쾅~ 쿵! 쿵!**

심장 소리가 들려요.

니오의 심장도 같이 **쿵쿵**거립니다.

심장 소리가 들렸던 책은 씨앗이 되어
니오의 마음으로 날아가 자리를 잡아요.

"너의 심장을 두근거리게 했던 것은 바로 나야."
잊고 있었던 책의 씨앗이 말을 걸어 왔어요.

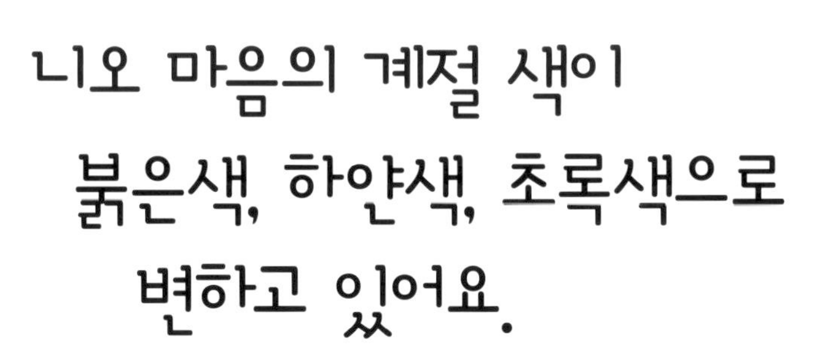

니오 마음의 계절 색이
붉은색, 하얀색, 초록색으로
변하고 있어요.

니오의 마음속에서
바람, 햇빛, 비가 어우러져

딱딱한 마음 땅이
말랑말랑해지고
촉촉해지고 있어요.

다람쥐 피아의 친구 새싹은
숲의 바람, 비, 따가운 햇빛으로
춥고 아픈 날도 있었지만 건강하게 뿌리를 내렸어요.

줄기는 점점 단단해지면서
피아의 친구가 되어

**쑥쑥**

자랐어요.

니오의 마음속 새싹도
힘든 날, 슬픈 날, 화가 나는 날에는 마음 밭이
얼고 갈라지는 날도 있었지만
건강하게 뿌리를 내렸어요.

몸과 마음은 음악과 운동으로 건강해졌어요.

새싹은 니오의 친구가 되어

**쑥쑥** 자랐어요.

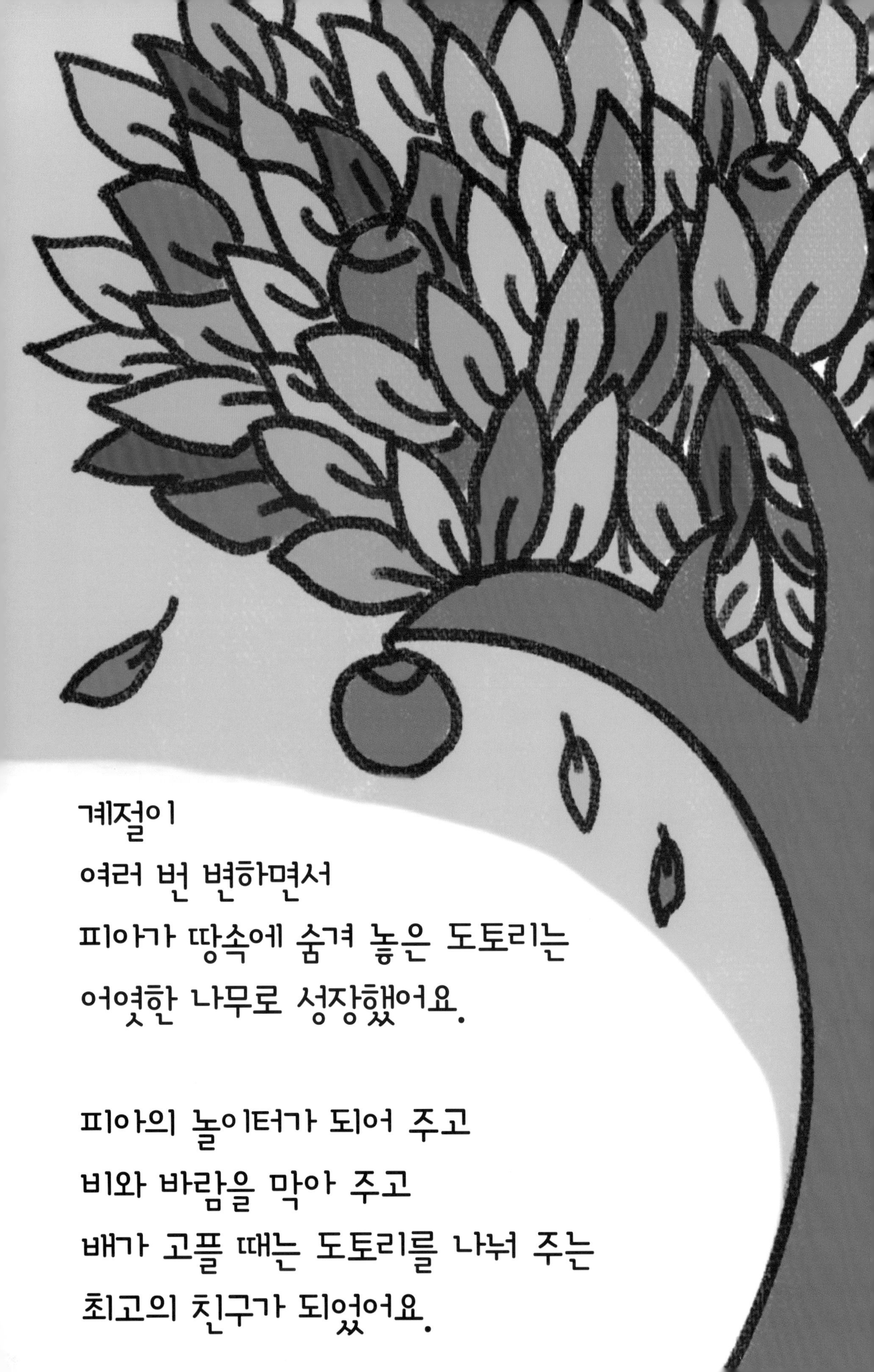

계절이
여러 번 변하면서
피아가 땅속에 숨겨 놓은 도토리는
어엿한 나무로 성장했어요.

피아의 놀이터가 되어 주고
비와 바람을 막아 주고
배가 고플 때는 도토리를 나눠 주는
최고의 친구가 되었어요.

니오의 마음의 새싹도
어엿하게 나무로 성장했어요.

니오의 놀이터와 쉼터가 되어 주고
마음을 공감하며 몸과 마음이 건강하게

성장하도록 도와주는
최고의 친구가 되었어요.

오늘도
피아는
도토리를 모으고

니오늘
책을 읽어요.

피아의 도토리는
피아의 나무로
니오가 읽은 책은
니오의 나무로
다가오고 있어요.

마음에 손을 대고 **쿵! 쿵!** 심장 소리를
들어 보세요!

내가 읽은 또 다른 책이 마음속에서
자랄 준비를 하고 있어요.

책의 씨앗은 1년, 10년, 20년이
걸리더라도 꼭 나무가 되어 찾아옵니다.

나의 씨앗과 꿈을 쓰고 20년 후 다시 펼쳐 보세요.

책은 나만의 비밀 약속입니다.

니오 시리즈 ❶권

# 니오의 도토리 책 찾기



초판 1쇄 발행 2024년 12월 9일

| | |
|---|---|
| 글 | 김승임 |
| 그림 | 김지현 |
| 펴낸이 | 이기봉 |
| 편집 | 좋은땅 편집팀 |
| 펴낸곳 | 도서출판 좋은땅 |
| 주소 | 서울특별시 마포구 양화로12길 26 지월드빌딩 (서교동 395-7) |
| 전화 | 02)374-8616~7 |
| 팩스 | 02)374-8614 |
| 이메일 | gworldbook@naver.com |
| 홈페이지 | www.g-world.co.kr |

ISBN 979-11-388-3813-9 (73810)